Prudence
la petite pie qui perd ses plumes

« Et les quelques plumes perdues
Je les rattraperai doucement
Ficelle et papier collant
Je bricolerai mes ailes d'avant. »

Les elles, Ingrid St-Pierre

La lettre « p » se trouve un peu partout dans l'histoire de Prudence la petite pie. Vous pouvez ainsi vous amuser avec le son « p » pendant que vous faites la lecture à voix haute, compter les mots qui commencent par « p » une fois la lecture terminée – ou même compter le nombre de plumes perdues !

Projet dirigé par Stéphanie Durand, éditrice

Conception graphique et mise en pages : Nathalie Caron et Damien Peron
Révision linguistique : Audrey Chapdelaine
Illustrations : Catherine Petit

Québec Amérique
7240, rue Saint-Hubert
Montréal (Québec) Canada H2R 2N1
Téléphone : 514 499-3000

Nous reconnaissons l'aide financière du gouvernement du Canada.

Nous remercions le Conseil des arts du Canada de son soutien.
We acknowledge the support of the Canada Council for the Arts.

Nous tenons également à remercier la SODEC pour son appui financier. Gouvernement du Québec – Programme de crédit d'impôt pour l'édition de livres – Gestion SODEC.

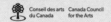

Catalogage avant publication de Bibliothèque et Archives nationales du Québec et Bibliothèque et Archives Canada

Titre : Prudence la petite pie qui perd ses plumes /
Véronique Alarie, Gabrielle Lisa Collard ; illustrations, Catherine Petit.
Noms : Alarie, Véronique, auteur. | Collard, Gabrielle Lisa, auteur. |
Petit, Catherine, illustrateur.
Description : Mention de collection : Albums
Identifiants : Canadiana (livre imprimé) 20230056199 |
Canadiana (livre numérique) 20230056202 | ISBN 9782764451069 |
ISBN 9782764451076 (PDF) | ISBN 9782764451083 (EPUB)
Classification : LCC PS8601.L263 P78 2023 | CDD jC843/.6—dc23

Dépôt légal, Bibliothèque et Archives nationales du Québec, 2023
Dépôt légal, Bibliothèque et Archives du Canada, 2023

VÉRONIQUE ALARIE ET GABRIELLE LISA COLLARD
ILLUSTRÉ PAR CATHERINE PETIT

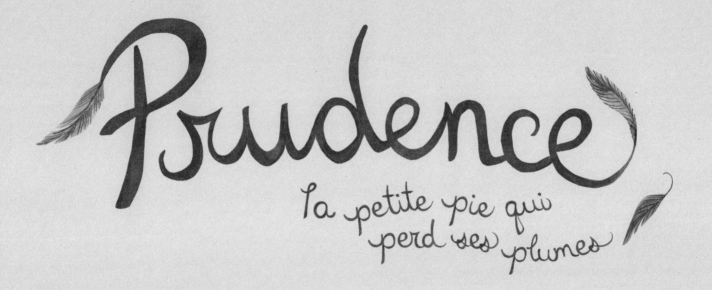

Prudence
la petite pie qui perd ses plumes

À la mémoire de Noémie.
À la force de Daphnée.

V. A.

À Fred, à Kim, et à toutes les âmes sœurs.

G. L. C.

Québec Amérique

En tombant de son nid, quand elle était bébé,
Prudence la petite pie a abîmé son aile droite.
Depuis ce jour, elle ne peut plus voler…
et est devenue un peu peureuse.

Parfois, prise d'une vilaine frousse,
il lui arrive même de perdre des plumes,
comme une pivoine coupée perdant ses pétales.

4

Cela n'empêche pas
Prudence d'être une petite pie
persévérante et pleine d'espoir.
Plus tard, quand elle sera grande,
Prudence rêve de devenir astronaute
et d'explorer toutes les planètes
que l'espace compte.

6

Chaque soir, Prudence et sa petite sœur Promesse se
perchent sur la plus haute branche du pin qui leur sert
de maison. À l'aide de leur télescope, elles observent
les nébuleuses colorées et s'imaginent, le cœur
battant, être propulsées au plus profond du cosmos.
Pelotonnées l'une contre l'autre, beau temps, mauvais
temps, elles s'endorment ainsi paisiblement.

Un matin, tandis que Promesse dort toujours, Prudence attrape le journal
déposé au pied de leur pin. Pendant qu'elle l'époussette du bout de l'aile
pour en retirer les aiguilles, ses yeux endormis se posent sur le grand titre :
« La comète Paulina passera dans le ciel cette nuit ». Plus bas sur la page,
elle lit qu'on pourra apercevoir l'astre du haut de la Grande Montagne,
et qu'il sera accompagné d'une pluie de poussière d'étoiles rose.

Prise d'une irrépressible envie de partir à l'aventure, Prudence n'entend plus
que l'appel du firmament. Portée par son enthousiasme, elle décide de partir
seule de peur que le périple soit trop périlleux pour Promesse, encore petite.

Elle se précipite pour préparer
un petit bagage – quelques
pacanes à picorer, son télescope
et son chapeau –, puis griffonne
une note à l'attention de sa
petite sœur.

Frissonnant dans l'air frais du matin, la petite pie avance pas à pas jusqu'à l'orée de la Forêt des Peupliers. Déterminée, elle a un but bien précis : atteindre le plus haut point de la Grande Montagne pour assister, la nuit venue, à l'époustouflant spectacle du passage de Paulina.

Alors que Prudence gravit la pente de la Grande
Montagne depuis quelques heures, un bruit surprenant
la tire de ses pensées :

PLOC !

Prudence est prise d'une telle frayeur qu'elle en a
des palpitations. Elle perd 5 plumes, 10 plumes,
puis 15 plumes (ça fait beaucoup de plumes au total !).

Parvenant tout de même à résister à l'envie de
rebrousser chemin, elle court trouver refuge sous un
grand peuplier. Elle observe autour d'elle, respire à fond.
Elle prend son courage à deux ailes, puis étire son petit
cou pour comprendre l'origine de ce tapage.

PLOC ! Cette fois, une minuscule bille brillante
se dépose sur son plumage.

« De. La. PLUIE ?! »

Toute cette peur n'était causée que par une averse !

« Aaaaaah, je vois ! » raisonne Prudence à voix haute.
« J'ai l'habitude d'entendre la pluie frapper les aiguilles
de mon pin. Mais elle fait un tout autre son lorsqu'elle tombe
sur le feuillage des grands peupliers. Maintenant que je le sais,
je n'aurai plus peur. Et puis, il faut dire que ce son est plutôt
mignon : on dirait que le ciel me joue une symphonie ! »

Et hop ! Prudence poursuit son chemin,
bercée par le chant de la pluie qui la rafraîchit
à mesure que la pente devient plus abrupte.

Protégée par une feuille de peuplier,
elle se surprend à improviser une polka
enjouée à travers les pétunias et les
papillons se trouvant sur son parcours.

15

La pluie cesse, le temps gris s'estompe,
le soleil brille puissamment.

Prudence est soudainement éblouie par une lumière orangée
si intense qu'elle en plisse les yeux. La peur l'assaillit de nouveau.
Devant elle, un immense incendie semble se déployer.

La pie reste pantoise et ne parvient plus à bouger.
Elle perd 20 plumes, 25 plumes, puis 30 plumes
(ça fait beaucoup de plumes, ça !).
Puis, repensant à l'épisode de la pluie survenu plus tôt,
elle prend une profonde respiration. Son cœur épouvanté
se calme. Elle trouve enfin le courage de lever les yeux du sol,
prête à affronter les flammes du regard…

« Oooooh ! Mais ce ne sont que tout plein de peupliers dorés et orangés. Sous la lumière du soleil, j'avais cru à un incendie de forêt ! En fait, ce paysage est plutôt joli ! On dirait que la nature s'offre en spectacle dans ses plus beaux coloris ! » juge-t-elle.

Petit bec en l'air, elle reprend son chemin de plus belle, non sans
ponctuer parfois sa longue promenade de pauses, le temps
de reposer ses petites pattes et de picorer une pacane ou deux.

L'éclaircie est de courte durée.
Il fait de plus en plus froid. Si bien que lorsque
la pluie reprend, puissante et pétrifiante,
elle se change rapidement en neige poudreuse.

Mais Prudence poursuit courageusement sa route.

« Plus que quelques heures et je pourrai enfin
voir la comète Paulina et sa sublime pluie
de poussière d'étoiles rose ! »

La nuit approche à grands pas et Prudence
voit le ciel s'assombrir. Intrépide, elle se laisse
néanmoins porter vers les pics enneigés de
la Grande Montagne. Tout autour, les peupliers
tanguent au gré des bourrasques.

Bientôt, le vent souffle si fort qu'il pousse
Prudence sur un étang glacé.

La petite pie prend panique.
Ses pattes glissent et glissent,
l'emportant de plus en plus loin.
Elle perd 40 plumes, 50 plumes, 60 plumes
(ça commence à faire vraiment
beaucoup de plumes perdues !).

CROUNCH !
Un craquement
se fait entendre.

PLOUF !
La glace se brise et
Prudence tombe dans
les eaux glacées.

Terrifiée, elle patauge, se débattant avec toute la puissance de ses ailes et ses petites pattes. Mais le froid lui coupe le souffle et elle se sent sombrer...

Sur le point de perdre espoir,
elle entend la voix de sa petite sœur :
« Je suis là ! Attrape ! »

Prudence aperçoit Promesse, lui lançant
l'extrémité d'un long foulard…
fait de ses propres plumes !

« Hisse-toi hors de l'eau ! » lui crie-t-elle, avant de resserrer
l'autre extrémité du foulard dans son petit bec et de la nouer
bien solidement au tronc d'un peuplier.

Prudence puise des forces au plus profond d'elle-même, agrippe à son tour le foulard avec son bec, puis parvient à se sortir de l'eau gelée.

À quelques mètres d'elle, la petite Promesse applaudit à tout rompre.

« Quand j'ai aperçu ta note,
je suis partie à ta recherche », raconte
sa petite sœur. « En suivant ta trace,
j'ai ramassé chaque petite plume perdue.
Je les ai tressées ensemble pour fabriquer
un foulard qui pourrait te tenir au chaud,
tout là-haut. »

« Merci d'avoir veillé sur moi »,
lui répond en souriant Prudence,
un peu déplumée et encore sous le choc,
mais remplie de gratitude.

27

Les deux sœurs se font un câlin et gravissent ensemble la dernière pente vers le sommet de la Grande Montagne, blotties bien au chaud sous la longue écharpe de plumes.

Cette nuit-là, lorsque la comète Paulina traverse le ciel à toute allure,
elle laisse derrière elle une pluie de poussière d'étoiles
rose d'une splendeur époustouflante.

Pendant un bref instant, impossible pour Prudence et Promesse
de savoir où commence la terre et où finit le ciel.

Les petites pies, émerveillées par cette lumière irréelle, se promettent de refaire le périple ensemble lors du prochain passage de la comète.

Puis, sous une pluie de diamants, lovées l'une contre l'autre
au sommet du monde, les deux petites sœurs s'endorment paisiblement.
Ensemble, elles rêvent du ciel.

Derrière l'histoire…

Cette histoire est un hommage à la jeune Noémie, décédée à l'âge de 11 ans d'un cancer, en 2020, ainsi qu'à sa grande sœur Daphnée.

Il s'agit d'un témoignage de solidarité et d'affection à tous les petits battants qui, depuis leur lit d'hôpital, gravissent des montagnes à en perdre des plumes, ainsi qu'à leurs vaillants frères et sœurs qui y perdent, eux aussi, un peu de leur enfance et de leur innocence.

Au profit de **Fondation Charles-Bruneau**

* Les autrices ont choisi de remettre leurs redevances à la Fondation Charles-Bruneau.